D1293389

LES PATINS D'ARIANE

Dans la collection

MA PETITE VACHE A MAL AUX PATTES

LES PATINS D'ARIANE

**un roman de
Marie-Andrée Boucher Mativat**

**illustré par
Anne Villeneuve**

case postale 36563 — 598, rue Victoria,
Saint-Lambert, Québec J4P 3S8

Soulières éditeur remercie la Sodec pour son appui financier
accordé en vertu du programme d'aide aux entreprises
du livre et de l'édition spécialisée.

Dépôt légal: 1998
Bibliothèque nationale du Canada
Bibliothèque nationale du Québec

Données de catalogage avant publication (Canada)

Boucher-Mativat, Marie-Andrée

Les patins d'Ariane
(Collection Ma petite vache a mal aux pattes; 5)

Pour les jeunes de 6 à 9 ans.

ISBN 2-922225-10-0

I. Titre. II. Collection.

PS8576.A828P42 1998   jC843'.54   C97-941437-7
PS8576.A828P42 1998
PZ23.M37Pat 1998

Illustration de la couverture
et illustrations intérieures:
Anne Villeneuve

Conception graphique de la couverture:
Andréa Joseph
Annie Pencrec'h

Logo de la collection:
Cathy Mouis

À Ariane-Li Simard-Côté,
Philippe Courtemanche,
Pénélope Paquette.

De la même auteure

Voyageur malgré lui, éd. Pierre Tisseyre, 1996

Anatole le vampire, éd. HMH, 1996

Jours d'orage, éd. Coïncidences jeunesse, 1995

Gros poil a disparu, éd. du Raton laveur, 1993

Le fantôme de l'auberge, éd. Héritage, 1993

Sur la piste de Monsieur Boum Boum, éd. Héritage, 1993

Une peur bleue, éd. Héritage, 1992

Drôle de moineau, prix Monique-Corriveau, éd. Héritage, 1992

Chapitre 1

Des patins de rêve

Je les veux! Je les veux! Ils sont là, dans la vitrine du magasin de sport. Des patins à roues alignées. Avec de belles couleurs fluo. Superbes!

— Je vais demander à Manon de me les acheter.

— Pauvre Ariane! Tu crois encore au Père Noël?

Ça, c'est bien Philippe!
Comme rabat-joie, on ne fait
pas mieux.

— Je peux savoir pourquoi
tu dis ça?

— Tu viens juste d'avoir un
vélo.

— Et après? Ce n'est pas la
fin du monde.

Philippe hausse les épaules:

— En tout cas, moi je sais ce que ma mère répondrait.

— Manon, c'est pas pareil, tu sauras.

Philippe me lance d'un ton sarcastique:

— C'est toi qui le dis.

— Tu parles comme ça parce que tu es jaloux, Philippe Courtemanche!

Ça m'a échappé. Tant pis! Il l'a bien cherché.

Philippe blêmit. Vire au rouge tomate. Puis au violet aubergine.

— Là, tu te trompes, Ariane Simard-Côté. Tu verras que j'avais raison.

Piqué au vif, Philippe détale en quatrième vitesse. Dommage qu'il n'ait pas de patins à roues alignées! Il irait beaucoup plus vite.

Vous ne devinerez jamais! Je n'en reviens pas! Philippe avait raison au sujet de Manon. Dès que je lui ai parlé des patins, elle a fait sa tête de mule:

— Pas question!

J'ai pris ma voix sucre et miel:

— S'il te plaî-aî-aî-aî-aît. Tous mes amis en ont.

Manon s'est obstinée:

— Tu as entendu ce que je viens de dire?

J'ai insisté:

— Sans patins, je n'aurai rien à faire de mes dix doigts durant l'été.

Manon m'a regardée avec un petit sourire en coin:

— Je ne savais pas que tu patinais sur les mains.

J'ai sorti mon ton piment poivré:

— Tu sais ce que je veux dire.

— Justement, tu pourras toujours te promener à vélo avec Philippe.

Ce qui est bien, avec les parents, c'est qu'on en a deux. J'attends donc impatiemment le retour de mon père.

En s'assoyant à table, Pierre me demande:

— Qu'est-ce que tu as fait aujourd'hui?

C'est l'occasion rêvée! Depuis son arrivée, j'espère ce moment! Le plus naturellement du monde, je lance:

— En revenant de l'école, j'ai vu des patins à roues alignées...

Pierre ne me laisse pas le temps d'en dire plus:

— Je sais. Manon m'a tout raconté...

Je suis suspendue à ses lèvres. J'ai l'impression d'être une équilibriste. Parapluie ouvert, bras tendus, j'avance doucement sur mon fil. Hélas! Un brusque coup de vent retourne mon parapluie. Pierre laisse tomber:

— ...et c'est NON.

Je bascule dans le vide. Je suis abasourdie. Quand je

retrouve mes esprits, je comprends ce qui m'arrive.

Ils se mettent à deux contre moi. Deux adultes contre une enfant! Vous trouvez ça juste, vous?

Mais je suis tenace. Alors, je m'accroche. Je reviens à la charge:

— Je peux savoir pourquoi?

— On ne peut pas tout avoir dans la vie. Tu viens de recevoir un vélo neuf. Tu es déjà bien gâtée. Moi, à ton âge...

Encore et toujours la même chanson: «Moi à ton âge...» Le refrain fredonné par tous les parents chaque fois qu'ils nous refusent quelque chose.

Manon ajoute, avec une tête d'enterrement:

— Tu sais, si on agit ainsi, ce n'est pas par plaisir. C'est uniquement pour ton bien.

J'aurais dû m'y attendre à celui-là! «C'est pour ton bien», le succès numéro deux au palmarès des adultes du monde entier.

Chapitre 2

Une proposition
sérieuse

— **J**e pourrais les acheter moi-même.

— Avec quels sous?

Si Manon pensait me clouer le bec, elle s'est trompée.

— Avec mon argent de poche, tiens.

Mon père sourit:

— Voilà une bonne idée!

Manon enchaîne:

— Ce serait l'occasion d'apprendre à mieux dépenser tes sous. C'est pour ça que nous te donnons de l'argent de poche. Pour que tu deviennes une consommatrice avertie. Je t'aiderai à faire ton budget, si tu veux. Mais tu devras être patiente. Tu n'économiseras pas cette somme du jour au lendemain.

Je prends une grande inspiration:

— Justement...

— Justement quoi, reprend ma mère.

Je plonge:

— Justement... Ça fait longtemps que je n'ai pas eu d'augmentation.

— Nous aussi! s'exclament Pierre et Manon dans un grand éclat de rire.

Pierre ajoute:

— Tu sais, l'argent ne
pousse pas dans les arbres.
Sais-tu ce que disait ma mère?

— Non...

— Elle disait: «comme va
l'économie, va l'argent de poche.»

Manon poursuit:

— Or, en ce moment, l'économie va mal.

Là-dessus, Pierre se lance
dans un grand discours. Il y est
question de coupures de salaire. De gel des conditions de

travail. De crise économique. De congédiements. De chômage. D'absence de création d'emplois. De fermetures d'usines.

— Nous travaillons de plus en plus. Et nous gagnons de moins en moins.

Ça va! Ça va! Pas la peine d'en rajouter. La récession, la crise économique, c'est compliqué pour quelqu'un de mon âge. Mais je ne suis pas complètement bouchée. J'ai compris le plus important. Ce n'est pas demain que j'aurai droit à une augmentation.

Autant me mettre tout de suite à chercher autre chose.

Chapitre 3

Une idée de génie

Durant tout le repas, je fais comme si de rien n'était. Mais ça tempête dans ma tête! La déception gronde. L'indignation bouillonne. La rage tonne. La colère est sur le point d'éclater. Une colère bleue qui gonfle, monte, écume et tourne au noir. Je vois rouge. Je suis sur le point d'exploser. J'étouffe. Il faut que je sorte.

Sitôt le souper terminé, je quitte la table:

— Je vais faire un tour de vélo.

— Ne rentre pas trop tard! recommande Pierre.

Manon chantonne:

— Bonne promenade!

Elle est tout sourire. Elle triomphe! Elle se dit sûrement que je suis redevenue raison-

nable. Si elle croit ça, elle se trompe! Pas question d'abandonner! Je veux ces patins.

Je roule sans but. J'enfile les rues, les unes après les autres. Je ne sais pas vraiment où je vais. J'ai le cœur gros. Il faut que je parle à quelqu'un.

Je prends la direction du parc. Philippe doit se balader près du lac, à cette heure-ci.

Je ne me suis pas trompée. Philippe est là. Il fait semblant de ne pas me voir. Je m'approche:

— C'est toi qui avais raison au sujet de Manon. Tu es content là?

Philippe hausse les épaules. Il ne s'est pas arrêté. Au contraire, il pédale de plus en plus vite!

J'accélère:

— Tu vas bouder longtemps comme ça?

Pas de réponse.

Je prends une grande inspiration et je hurle:

— TU ES DEVENU SOURD?

Tout le monde tourne la tête vers nous. Philippe me lance un regard mauvais. Si ses yeux étaient des revolvers, ils me tueraient. Pan! Pan!

Je regrette de lui avoir dit des méchancetés. Au fond, c'est idiot de se chicaner. Un jour ou l'autre, il faut se réconcilier.

— Qu'est-ce que je dois faire pour qu'on redevienne amis? Veux-tu que je te demande pardon à genoux?

Philippe ralentit. Il secoue la tête:

— Il faut toujours que t'exagères!

— Bon. D'accord. Je m'excu-u-u-u-u-se.

Philippe sourit.

— Ça y est, on peut se parler comme avant?

Je pose ma bicyclette sur la pelouse. Philippe fait de même:

— Qu'est-ce que tu vas faire pour tes patins?

— Je ne sais pas encore. Je n'y ai pas pensé. J'étais trop en colère pour réfléchir.

— Ouais... Tu ferais peut-être mieux d'oublier ça.

— Ah! non. Pas question!

Soudain, Philippe s'anime:

— Tu n'as qu'à les acheter avec ton argent de poche. Tes

parents n'auront rien à dire. C'est ton argent, après tout.

— J'y ai pensé, imagine-toi. Mais, avec ce que mes parents me donnent chaque semaine...

— Quoi?

— Mais tu ne te rends pas compte! Ça va me prendre au moins un an!

— Ouais...

Pauvre Philippe! Il a l'air aussi malheureux que moi.

— Tu dois bien avoir des économies.

Des économies? Attendez un peu, là. Je rêve ou quoi?

— Puisque que je te dis que j'ai une allocation de misère.

Philippe commence à s'im-patienter:

— Mais il n'y a pas que l'allo-cation. Il y a aussi les corvées.

De temps en temps, mes parents me donnent de petits contrats. Ramasser les feuilles. Déneiger les escaliers. Balayer le garage.

Les paroles de Philippe résonnent doucement à mes oreilles. On dirait une berceuse. Ou un cantique de Noël. Cette fois, ça y est! Je crois que j'ai trouvé la solution à mon problème.

Chapitre 4

Une autre idée
de génie

À la maison, mes parents papotent en buvant un café. J'hésite à leur faire part de ma nouvelle proposition. Peut-être que je devrais attendre à demain. D'un autre côté, on ne doit jamais remettre à plus tard ce qu'on peut faire aujourd'hui. C'est mon grand-père qui dit toujours ça. Et mon grand-père a beaucoup d'expérience. Alors, autant vider la question tout de suite. Pourvu que Pierre et Manon soient d'accord, cette fois!

— Bonsoir, ma belle Ariane. Tu as fait une bonne promenade?

— Disons que j'ai beaucoup réfléchi.

Mon père me lance un regard par en dessous:

— Qu'est-ce que tu mijotes encore?

Manon intervient:

— Si c'est au sujet de ton allocation, inutile de revenir là-dessus.

Je les regarde droit dans les yeux:

— Non, non, j'ai compris.

— Alors, de quoi s'agit-il? demande mon père.

J'inspire un grand coup et je me lance:

— Je voulais vous parler de mon salaire.

Pierre et Manon me regardent comme si je parlais russe ou chinois.

C'est Pierre qui brise le silence:

— Mais enfin, qui dit salaire dit travail.

— Justement, je pourrais travailler pour vous.

— Où veux-tu en venir? demande Manon.

— Voilà. Je pourrais vider le lave-vaisselle. Passer le balai après les repas. Sortir les poubelles. Vous me donneriez un petit salaire. Et ça créerait un emploi.

Fiou! Ça y est, je l'ai dit! Mes parents m'observent sans broncher. Et moi qui craignais leur réaction. Surtout après le discours de Pierre sur l'économie qui va de travers.

Or voilà que mon père pose calmement LA QUESTION:

— Combien?

Je prends mon temps pour répondre.

Les chiffres s'alignent et se bousculent dans ma tête. J'additionne. Je divise. Je multiplie. Puis je lance:

— Dix dollars.

— Par quinze jours?

Je m'efforce de paraître sûre de moi:

— Par semaine.

Pierre et Manon se regardent d'un drôle d'air. À ma grande surprise, ils ne protestent même pas. Si je m'attendais à ça!

Après un court silence, mon père prend la parole:

— Jusqu'ici, on s'est toujours partagé les tâches. Chacun de nous a mis la main à la pâte sans réclamer quoi que ce soit. Mais si tu insistes...

— Vous êtes d'accord?

— Pourquoi pas?

— Je n'en reviens pas! Pourquoi n'ai-je pas eu cette idée plus tôt? J'aurais déjà de quoi acheter mes patins.

— C'est bien ce que tu veux? demande Manon.

— Et comment!

— Alors, c'est entendu, con-
clut Pierre. J'espère que tu ne
le regretteras pas.

— Ça, j'en doute!

Hip! Hip! Hip! Hourra! C'est
gagné. À moi, les patins à roues
alignées. J'ai hâte de voir la
tête de Philippe quand je vais
lui raconter ça.

Chapitre 5

Toute une surprise!

Philippe a accueilli la nouvelle plutôt froidement:

— À ta place, je me méfierais. Ça me semble trop beau pour être vrai.

Depuis une semaine, j'astique, je frotte, je balaie, je sors les poubelles. Une vraie petite fée du logis!

Si mes calculs sont bons, je devrais recevoir ma première paie aujourd'hui. En revenant de l'école, je me suis acheté un calepin. Ce soir, je vais commencer à y inscrire mes revenus.

En sortant de ma douche, je trouve deux enveloppes sur ma table de nuit. Pourquoi DEUX?!?!?

Soudain, les paroles de Philippe reviennent me hanter. Méfiante, j'ouvre la première enveloppe.

Fiou! Elle contient un beau billet de dix dollars. Ma première paie! Je l'ai bien méritée.

J'ai pris mon travail au sérieux. Je me suis appliquée. D'ailleurs, Manon est satisfaite de mes services. C'est elle qui me l'a avoué.

Mais tout ça ne me dit pas ce que contient l'autre enveloppe. Un petit mot d'encouragement? Une carte de remerciement?

Inutile de me faire languir plus longtemps. Allez, je l'ouvre.

Mais ça ne va pas! Qu'est-ce que c'est que cette histoire? Ouille! Ouille! Ouille! Celle-là, je ne l'ai pas vue venir. Pour une surprise, c'est une surprise!

Manon doit être tombée sur la tête. À moins qu'elle ait attrapé une insolation. Oui, c'est ça. C'est sûrement la chaleur. Ma mère ne supporte pas la chaleur. Ça lui chamboule complètement le caractère.

En tout cas, elle n'est pas dans son état normal. Autrement, elle ne m'aurait jamais donné cette facture:

Ariane Simard-Côté doit à Manon Simard:

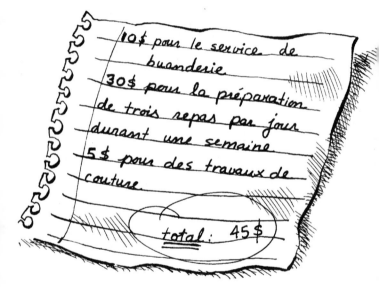

10$ pour le service de buanderie
30$ pour la préparation de trois repas par jour durant une semaine
5$ pour des travaux de couture.

total: 45$

Je tourne la feuille dans tous les sens. Je n'y comprends rien. Philippe ne m'a jamais raconté une histoire pareille. Pas

plus que Pénélope Paquette,
ma deuxième meilleure amie.

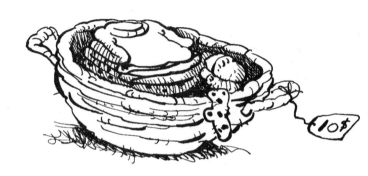

C'est ridicule! Je dois être la
seule enfant du monde dans
mon cas. Je pense que Manon
me doit des explications.

Je fonce au salon. Ma mère
est assise sur le canapé:

— Je t'attendais...

Le pire c'est qu'elle a l'air
très bien dans son assiette.
Même qu'elle sourit. Vraiment,
ça dépasse tout!

— Depuis quand les mères se font-elles payer pour préparer les repas?

Au lieu de rougir de honte, Manon réplique du tac au tac:

— Depuis que les filles réclament un salaire pour rendre service. D'ailleurs ton père a aussi préparé sa facture.

Ah! bon. Même Pierre! Décidément, on n'a plus les parents qu'on avait!

Tout ça est impossible. Je dois rêver. Je nage en plein cauchemar. À l'aide! Pincez-moi, quelqu'un.

La voix de Manon me ramène sur terre:

— Tu ne dis rien?

Je tourne les talons:

— C'est injuste!

C'est tout ce que j'ai trouvé à dire. Oui, je sais, ce n'est pas très original. «C'est injuste» est un vieux classique du répertoire des enfants mécontents.

Depuis, je vire dans mon lit. Roule d'un bord. Roule de l'autre. Impossible de dormir! Dire que je me croyais maligne! Mes parents m'ont bien eue!

Cette fois, j'ai compris la leçon. C'est décidé. Demain, on annule tout. Je rends à Manon ses dix dollars et... sa facture.

Désormais, plus question de salaire.

Bien entendu, je continuerai à vider le lave-vaisselle, à passer le balai, à sortir les poubelles. Je suis même prête à épousseter... de temps en temps. Quant à Pierre et Manon, ils s'occuperont du reste. Tout compte fait, je crois que c'est un très bon marché!

Reste plus qu'à me trouver un travail pour financer l'achat de mes patins. Samedi, j'irai à la banque, à la pharmacie et au supermarché. À chacun de ces endroits, je poserai une affiche sur le babillard:

C'est fou, mais mon petit doigt me dit qu'à la fin de l'été... ça ira comme... sur des roulettes!

Table des chapitres

Marie-Andrée Boucher Mativat

Sans être très vieille, Marie-Andrée Boucher Mativat n'est plus très jeune. Lorsqu'elle avait l'âge d'Ariane, les parents ne donnaient pas beaucoup d'argent de poche à leurs enfants. Chaque dimanche après-midi, son père lui remettait une belle pièce de cinq sous. Parfois elle la glissait sagement dans sa tirelire. Mais, le plus souvent, elle courait en riant la dépenser au restaurant du coin en compagnie de son frère et de ses sœurs.

C'est fou tout ce qu'on pouvait alors acheter avec cinq sous!

Anne Villeneuve

Anne Villeneuve a deux passions: le dessin et la voile. Son grand rêve, il n'y a pas si long- temps, était d'avoir son propre voilier. Anne en a rêvé long- temps. Elle sait maintenant c'est quoi attendre, longtemps, long- temps, longtemps.

Malheureusement, un voilier, c'est un peu plus cher que des patins à roues alignées. Alors, Anne a sorti les poubelles, lavé des autos, gardé des enfants... Mais non, c'est une blague! Anne a dessiné, dessiné et encore dessiné. Elle a fait des dizaines et des dizaines de dessins pour s'amuser et pour se payer le voilier de ses rêves.

Finalement, Anne s'amuse tout le temps!